小熊出版的中英雙語繪本系列，故事以中、英文並列方式呈現，也錄製了中、英版本的故事音檔，可讓孩子透過讀與聽培養語感，再模仿發音和語調，自然而然的說出兩種語言，把握語言學習黃金期，不只用眼睛閱讀，也用耳朵和嘴巴閱讀。

此外，本系列還特別收錄具有互動功能的故事，讓孩子能和書中角色一同推進情節發展，雙方彷彿在玩一場有趣的互動遊戲，除了在遊戲中培養孩子的好奇心和想像力，同時也增進親子對話的美好時光。

讓我們陪伴孩子，一起盡情在遊戲中學習吧！

中文版故事

http://qrcode.bookrep.com.tw/button-c

英文版故事

http://qrcode.bookrep.com.tw/button-e

掃描 QR Code 或輸入網址下載音檔，就可以聆聽中文版和英文版的故事！

按按鈕，好好玩！

The Button Book

中英雙語繪本
附QR Code音檔

文／莎莉‧妮柯絲 Sally Nicholls

圖／貝森‧伍文 Bethan Woollvin

譯／鄭如瑤

這裡有個**紅色**按鈕，
我很好奇，
按下去會發生什麼事？

Here's a **red** button.
I wonder what happens
when you press it?

這裡有個**橘色**按鈕，
要做什麼呢？

Here's an **orange** button.
What does the orange button do?

原來是**拍拍手**按鈕！
大家一起來拍手！

It's a **clapping** button!
Everybody clap!

如果按下這個**藍色**按鈕，
會發生什麼事？

What happens when you
press the **blue** button?

這是**唱唱歌**按鈕吔！
It's a **singing** button!

「倫敦鐵橋垮下來……」
"London Bridge is falling down"

還可以唱別的歌嗎？　Does it know any other songs?

我們應該按這個
綠色 按鈕嗎？
Shall we press
the **green** button now?

噗噗噗！

Thbbbpppt！

不好意思！請馬上道歉。
這是最後一次警告。
Excuse me, say sorry at once.
I'm warning you.
This is your last chance.

噗噗噗！
Thbbbpppt！

好吧！如果你繼續這樣做，我們就要去按黃色按鈕了。
Well, if you're going to be like that, we're going to press the yellow button instead.

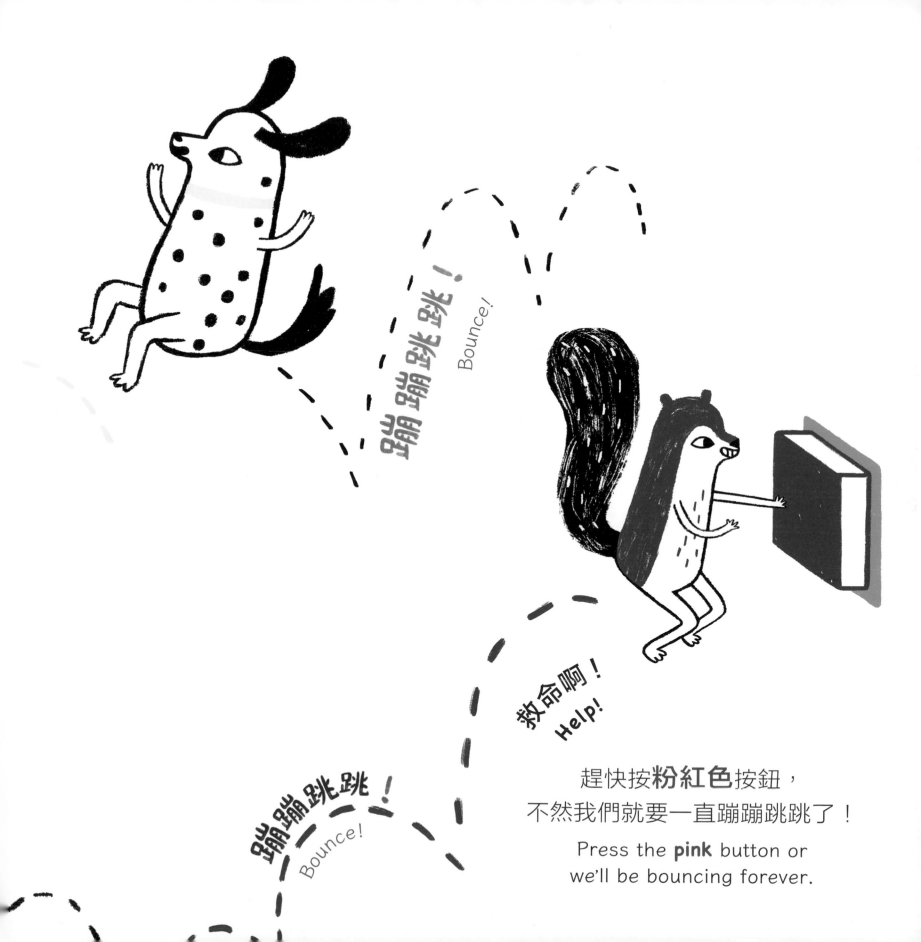

趕快按**粉紅色**按鈕，
不然我們就要一直蹦蹦跳跳了！

Press the **pink** button or
we'll be bouncing forever.

好吔！
是**抱抱**按鈕。
Hurrah, it's
a **hug** button.

抱抱時間！
Hug time!

這是最棒的
按鈕了。
That's the best
button of all.

你**想**按下一個按鈕？
You **do** want to press the next button?

你確定嗎？
Are you sure?

你真的確定嗎？
Are you really sure?

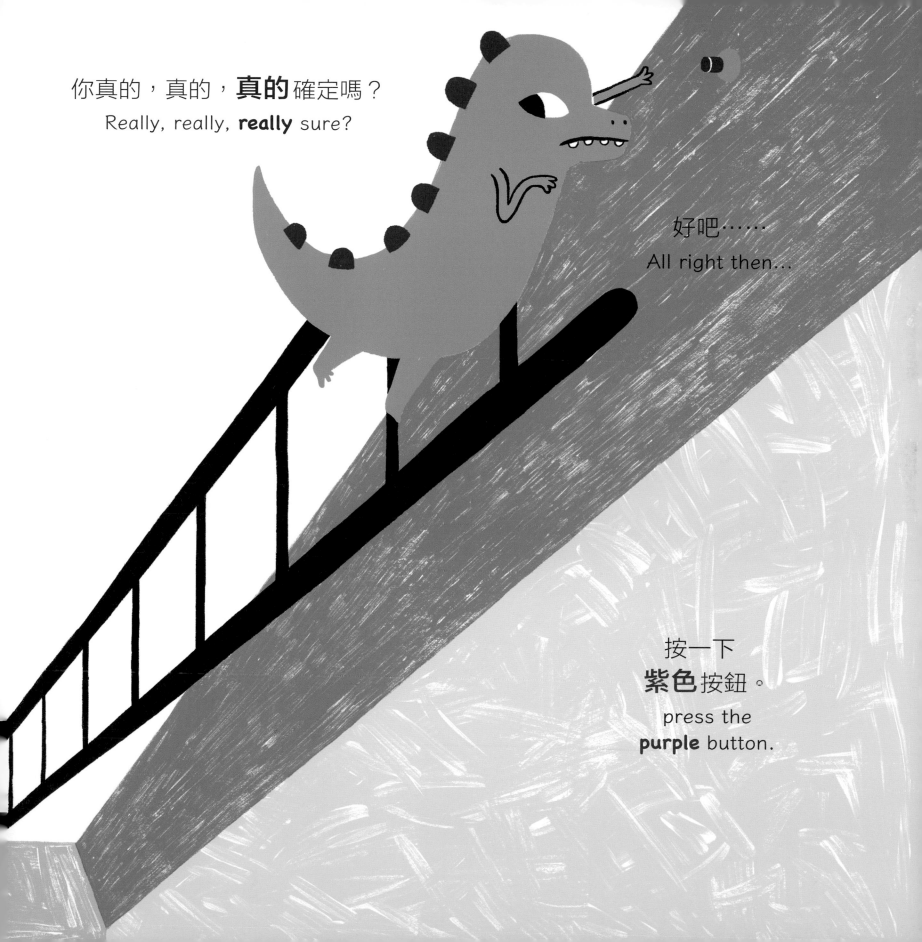

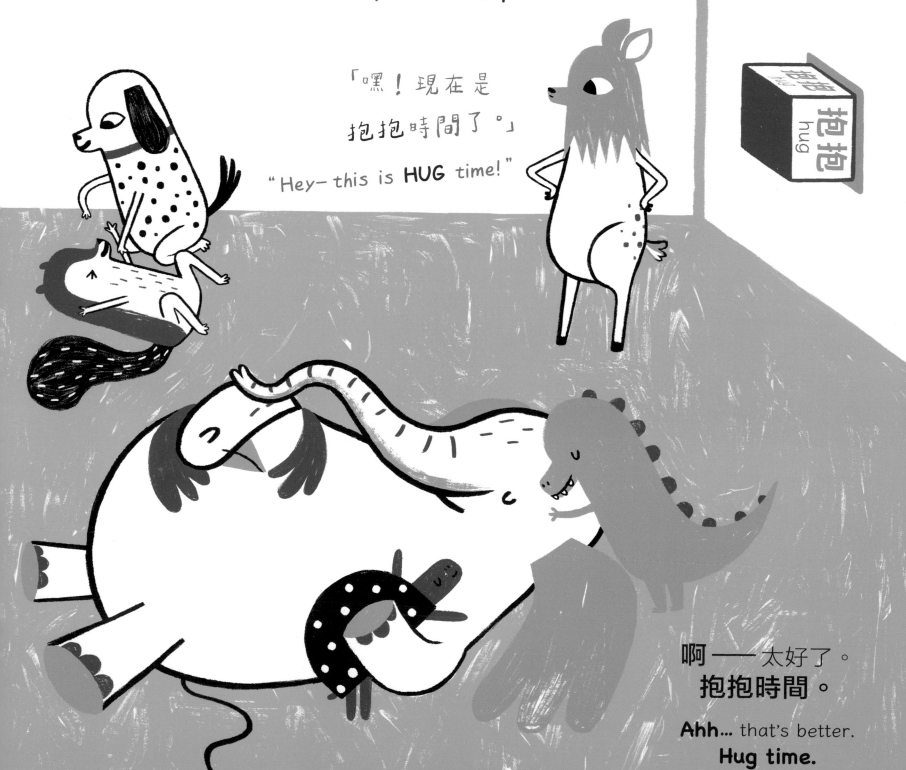

求求你按**粉紅色**按鈕，**快點！**
Please, press the **pink** button, **quick!**

「嘿！現在是
抱抱時間了。」
"Hey- this is **HUG** time!"

啊——太好了。
抱抱時間。
Ahh... that's better.
Hug time.

哦！不！又是那個粗魯的 **綠色** 按鈕。
你沒學過禮貌嗎？

Oh no, it's that rude **green** button again.
Have you learned any manners yet?

啊！**藍色**按鈕。
我們這次要唱什麼歌？
Ah, the **blue** button.
What shall we sing this time?

「一閃一閃亮晶晶，滿天都是小星星……」
"Twinkle, twinkle, little star..."

又回到**紅色**按鈕了。
Back to the **red** button again.

你記得它會發出什麼
聲音嗎？
Do you remember
what noise it makes?

嗶
Beep!

你看，這是**新的**按鈕。
Look, it's a **new** button.

這個白色按鈕
要做什麼呢？
What does a **white**
button do?

噓——這是睡香香按鈕。
大家晚安！
Shhhh… it's a sleeping button.
Goodnight, everyone.

動動身體，玩讀《按按鈕，好好玩！》

吸引小小讀者
進入故事的歡樂封面

《按按鈕，好好玩！》真是一本好讀、好玩的好書呀！封面上，站在黃色圓盤上的動物們開心雀躍的交談著，中間的兩隻動物——恐龍和松鼠四目交接、握著手，好似達成協議，說好一起來玩吧！激發著讀者一起來讀、來玩這本書。

家長可引導孩子點數封面有幾隻動物在開心的交流，也可以向孩子提問：「他們在做什麼？大象身上的顏色有哪些？綠色是什麼動物呢？」最後再引導孩子留意「動物們站在哪裡？」（黃色的圓形上）。讀完故事後再回到封面，請孩子連結故事內容想一想——啊！原來是那顆黃色的蹦蹦跳跳按鈕！

從認識顏色、形狀到學習語詞，
促進認知和語言發展

翻到扉頁，還沒正式進入故事前，就可以看到動物們各自站在小舞臺上跳舞，此時可引導孩子觀察每個小舞臺的顏色（紅、橘、藍⋯⋯）和形狀（三角形、圓形、正方形⋯⋯），以及動物們的動作（單腳站、倒立、扭屁股⋯⋯）

幼兒的認知發展會先認識生活中的顏色，形狀（名稱）次之，然後進階到「顏色＋形狀」，例如：紅色的圓形、橘色的三角形。家長也可帶著孩子找一找，日常生活中有哪些形狀的物品？它們是什麼顏色？例如：圓形的橘色餅乾、三角形的白色飯糰⋯⋯這樣便產生了形狀、顏色與物品（語詞）的連結。

性質「孤立化」的畫面
培養孩子專注力

這本互動式繪本是以「一個顏色結合一個形狀，連結一個反應」的畫面設計，與蒙特梭利教具的性質孤立化原則相符，讓孩子在閱讀時只專注於單一特性（顏色、形狀或反應），非常符合學齡前幼兒的學習發展。

故事一開始，小松鼠在紅色色調的頁面中，

文／邱瓊慧（國立臺北護理健康大學嬰幼兒保育系助理教授）

按了紅色按鈕，沒想到竟發出「嗶！」的聲音，繪者運用「紅色」和「嗶！」的反應連結。接下來，「橘色」連結「拍手」、「藍色」連結「唱歌」、「綠色」連結「吐舌頭」……孩子一次只專注一個顏色，再以顏色連結單一反應，看到紅色頁面或紅色按鈕，就會跟著「嗶！」一聲；看到橘色頁面或橘色按鈕，就會開心的拍拍手；看到藍色頁面或藍色按鈕，就想唱首歌；看到綠色頁面或綠色按鈕，就忍不住吐舌頭……

顏色和反應的配對遊戲，對孩子來說不只好記也好玩，而這樣的互動設計，更充分滿足孩子的好奇心，和小小孩「動手」看書、玩書的發展需求。當孩子能掌握顏色連結的反應之後，就可以加入「形狀」的變化唷！

一次朗讀一種語言培養語感，感受語言音韻之美

除了與讀者有趣互動的情節，這本書的故事也以中英雙語同時呈現，在閱讀時可延續「一次只專注一件事」的觀念，一次只用單一語言——中文或英文，從頭到尾完整朗讀故事，讓孩子以「聽」故事的方式，來熟悉中文或英文的語感，以及熟悉中文和英文的聽覺語彙。來回閱讀多遍後即可熟悉故事、掌握故事內容以及對應關係，讓按按鈕這件事變得更有趣。

親子晚安繪本，從動到靜鋪陳故事情節

在這本書裡，作者巧妙的安排從「嗶！」一聲開始，再回到「嗶！」一聲結束，最後來一個大驚喜——啊哈！是從未出現過的「白色睡香香按鈕」（電燈開關），因為燈一關就暗了，大家都要上床睡覺、進入夢鄉嘍！

很推薦本書在睡前親子共讀，讓孩子先盡情玩樂一下，再隨著故事的節奏，從動到靜、調皮到乖順，然後靜下來躺著睡覺，為一天畫下美好的句點。

請你根據提示找出按鈕。
按一下之後,先說出動物名稱,再學他們做出動作喔!

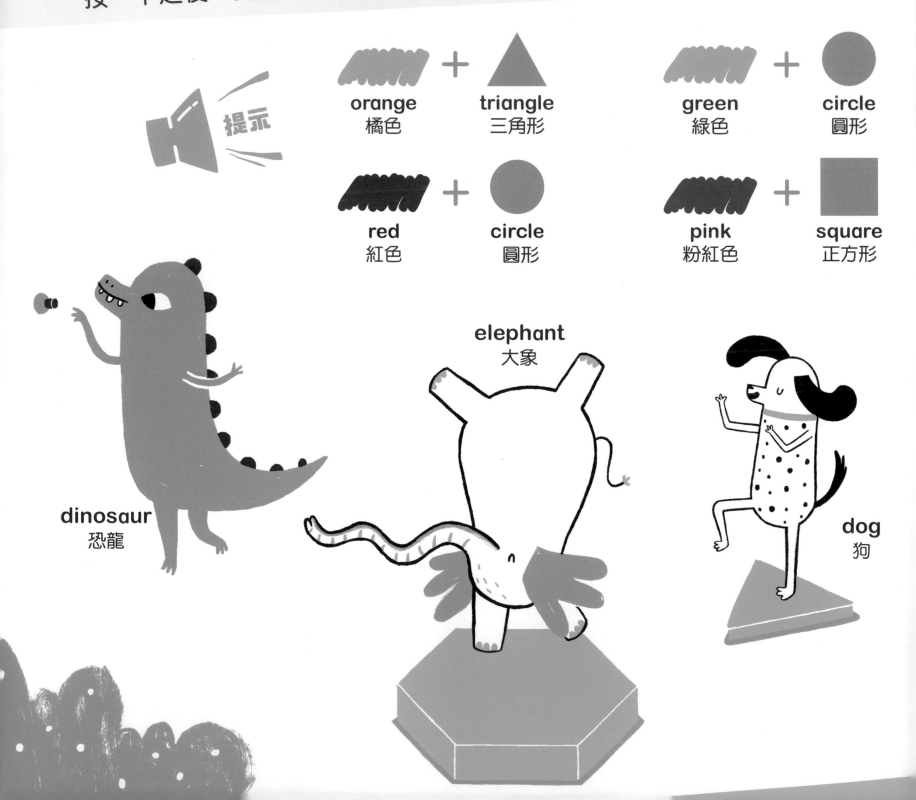

提示

orange
橘色

triangle
三角形

green
綠色

circle
圓形

red
紅色

circle
圓形

pink
粉紅色

square
正方形

dinosaur
恐龍

elephant
大象

dog
狗

Follow each hint to find the matching button and press it.
Say the name of the animal and imitate its action.

blue
藍色
+
hexagon
六邊形

purple
紫色
+
circle
圓形

http://qrcode.bookrep.com.tw/button-g

掃描 QR Code 或輸入網址，
跟著音檔玩遊戲！

yellow
黃色
+
circle
圓形

turtle
烏龜

squirrel
松鼠

bird
鳥

deer
鹿

文／莎莉・妮柯絲（Sally Nicholls）

一個下著大雷雨的夜晚，妮柯絲出生在英國東北方的斯托克頓。兩歲的時候，她的父親過世，母親獨立扶養她和哥哥成年。從小只要有人問妮柯絲長大要做什麼，她總是肯定的說：「我要成為作家」。

中學畢業後，她旋即前往世界各地旅行。後來她回到英國，進入華威大學修讀文學和哲學，大三時她才驚覺該認真的為生計打算，於是再到巴斯泉大學攻讀創意寫作碩士學位，在這裡她完成了第一部小說《臨別清單》（木馬文化），並以此獲得英國水石童書繪本大獎與愛爾蘭格倫汀普萊斯最具潛力新人獎，從此踏上作家之路。現在她和丈夫、兒子住在牛津的一個小房子裡。

圖／貝森・伍文（Bethan Woollvin）

2015年她以一級榮譽學位畢業於安格里亞魯斯金大學的劍橋藝術學院，現居英國中部的謝菲爾。身為家中有十個兄弟姐妹的老大，伍文很懂得取悅各年齡層的讀者，所以作品中充滿她個人特有的幽默感和魅力。她創作的第一本圖畫書《小紅帽》（暫譯），榮獲2014年麥克米倫圖畫書獎、2016年紐約時報十大童書獎，以及2017年世界插畫大獎。

譯／鄭如瑤

畢業於英國新堡大學博物館研究所。現任小熊出版總編輯，編輯過許多童書；翻譯作品有《好奇孩子的生活大發現》、《一輛名叫大漢的推土機》、《妞妞會認路》、《卡車小藍出發嘍！》、《森林裡的禮貌運動》、《到處都是車》、《我好壞好壞》、《梅伊第一天上學》、《漢娜和甜心》等。

中英雙語

按按鈕，好好玩！ The Button Book
文：莎莉・妮柯絲｜圖：貝森・伍文｜譯：鄭如瑤

小熊出版讀者回函　小熊出版官方網頁

總編輯：鄭如瑤｜主編：陳玉娥｜責任編輯：吳佐晰｜美術設計：翁秋燕
行銷經理：塗幸儀｜行銷企畫：袁朝琳｜錄音後製：印笛錄音製作有限公司
英文錄音：Margaret Haw-Yuann Maa（馬昊媛）｜中文錄音：馬君珮
出版：小熊出版／遠足文化事業股份有限公司
發行：遠足文化事業股份有限公司（讀書共和國出版集團）
地址：231 新北市新店區民權路 108-3 號 6 樓
電話：02-22181417｜傳真：02-86672166
劃撥帳號：19504465｜戶名：遠足文化事業股份有限公司
Facebook：小熊出版｜E-mail：littlebear@bookrep.com.tw

讀書共和國出版集團網路書店：www.bookrep.com.tw
客服專線：0800-221029｜客服信箱：service@bookrep.com.tw
團體訂購請洽業務部：02-22181417 分機 1124
法律顧問：華洋法律事務所／蘇文生律師
印製：凱林彩印股份有限公司
初版一刷：2024 年 06 月｜定價：380 元
ISBN：978-626-7429-66-2
書號：0BBL1003

國家圖書館出版品預行編目（CIP）資料

按按鈕，好好玩！The Button Book/ 莎莉 . 妮
柯絲 (Sally Nicholls) 文；貝森 . 伍文 (Bethan
Woollvin) 圖；鄭如瑤譯 . -- 初版 . -- 新北市：小
熊出版，遠足文化事業股份有限公司 , 2024.06
36 面：25×25 公分 .
中英對照
譯自：THE BUTTON BOOK
ISBN 978-626-7429-66-2（精裝）
1.SHTB: 認知發展 --3-6 歲幼兒讀物
873.599　　　　　　　　　　　　113005567